Das junge Mädchen
und der Musiklehrer

Autor:
Felicitas Reiter
ISBN
3-8334-0669-0

Herstellung und Verlag
Books on Demand GmbH
Gutenbergring 53
D - 22848 Norderstedt

Das junge Mädchen und der Musiklehrer

Felicitas Reiter

Inhaltsverzeichnis

1. Kapitel

Die Heimatvertriebene

Es kam das Jahr 1953, die harten Nachkriegsjahre.

Wir hatten die schreckliche Flucht und Vertreibung aus Schlesien erdulden müssen und lebten nun seit etwa 6 Jahren in Westdeutschland, in Steinhagen bei Bielefeld, wohin man uns nach unserer Vertreibung aus unserer Heimat gebracht hatte.

Es war ein hartes Leben, geprägt mit vielen Entbehrungen und Schikanen.

In dieses, durch die furchtbaren Bombenangriffe schwer geschädigte Land, wo in fast allen Städten die meisten Häuser zerstört waren, hatten die Polen aus eigenem Antrieb 1945/46 noch die 15 Millionen Deutschen aus den Ostgebieten Schlesien, Posen, Ostpreußen und Sudetenland deportiert.

Das führte selbstverständlich zur völligen Armut. Die Wohnungsnot und somit die Obdachlosigkeit im Nachkriegsdeutschland vor allen Dingen in den Städten war unvorstellbar groß.

Die bereits erwähnten 15 Millionen Heimatvertriebenen erlitten das schwerste Schicksal. Große Gruppen von Menschen und ganze Familien hausten auf engstem Raum, viele Heimatvertriebene mussten in erbärmlichen Notunterkünften zusammengepfercht leben.

Oft in ungeheizten Baracken und Dachböden. Manche 7-10 Jahre lang.

Manchen Heimatvertriebenen gelang es durch harte Arbeit dann doch nach einigen Jahren ihr schweres Los nicht nur zu tragen sondern das Beste daraus zu machen. Es gab aber auch Ausnahmen. Besonders die älteren Menschen schafften es nicht den gewohnten Lebensstandard wieder zu erreichen.

Die Versorgung mit Lebensmittel war ungenügend, viele mussten Hunger leiden, weil die Lebensmittelrationen sehr karg waren.

Da die Heimatvertriebenen lediglich ein Gepäckstück pro Person mitnehmen konnten, gab es nichts was man auf dem Schwarzmarkt gegen Lebensmittel hätte tauschen können, so wie es fast alle in der Nachkriegszeit taten. Diejenigen, die Bauernhöfe oder Häuschen mit Garten und Nutztiere hatten, waren natürlich besser gestellt. Die Heimatvertriebenen besaßen meist lediglich Hemd und Hose. Bereits auf der Flucht wurden ihnen die Wertgegenstände die sie noch bei sich trugen von den Russen und Polen gestohlen.

Wir waren bitterarm und heimatlos.
Ich erinnere mich noch gut daran wie es war als wir 1946 in Steinhagen, Kreis Halle, Westfalen ankamen. Alles wirkte friedlich und unbelastet. Das war in fast allen ländlichen Gebieten

auch in anderen Teilen Westdeutschlands wie Hessen, Bayern oder in der Röhn ebenfalls so.

Es gab im Gegensatz zu den Städten kaum Spuren des Krieges. Es gab weder zerstörte Häuser noch sonstige Kriegsschäden. Die Bauern hatten ihre Höfe die Hausbesitzer ihr Eigentum. Niemand wurde vertrieben. Wir kamen arm und bedürftig in eine „heile Welt". Diese Menschen hatten keine Ahnung was wir mitmachen mussten.

Auf der Flucht gab es Plünderungen, Hungersnöte, Vergewaltigungen und Tod. Insgesamt dauerte unsere Flucht 18 Monate. Wir flüchteten vor den rachsüchtigen Russen und Polen. Wir wussten nicht wohin und waren froh angekommen zu sein.

Natürlich stellten wir uns die Frage, warum es ausgerechnet uns Ostdeutsche so hart getroffen hatte. Warum mussten wir so unendlich viel Leid ertragen.

Es ist natürlich schwer zu verstehen, wir fühlten uns total ungerecht behandelt und wie Marionetten der damaligen Politik der Siegermächte besonders der Russen und Polen. Schließlich waren wir nicht die Drahtzieher, waren politisch überhaupt nicht engagiert und doch waren wir diejenigen die sehr hart bestraft wurden.

Die „Hohen Herren", die wirklich Schuldigen mussten das alles nicht erleiden, nicht büßen.

Immer trifft es die Armen und Unschuldigen. Damit muss man innerlich erst einmal fertig werden. Ich habe das damals überhaupt nicht begriffen, denn ich war erst 10 Jahre alt.

Besonders herzlos zu den Heimatvertriebenen waren die Westfalen. Das haben wir am eigenen Leib zu spüren bekommen. Die meisten Heimatvertriebenen erlitten ein ähnliches Schicksal und haben dies in etlichen Dokumentationen bestätigt.

Hinzufügen möchte ich bei der Gelegenheit, dass die Süddeutschen viel freundlicher zu den Heimatvertriebenen waren. Das haben viele Betroffene berichtet. Die dort angekommenen Heimatvertriebenen wurden nicht nur viel humaner behandelt, sie wurden auch schneller in die neue Umgebung integriert.

2. Kapitel

Arbeitsuche und Fähigkeiten

Schwierig war die Arbeitsuche. In Westfalen gar schier unmöglich, denn für diese Menschen waren wir Eindringlinge der 2. Klasse. Die guten Arbeitsstellen verteilten sie unter sich.

So blieb meinem Vater, der ausgebildeter Lohnbuchhalter war, nichts anderes; er musste als einfacher Helfer z. B. in der Flachsröste in Künsebeck Schwerstarbeit verrichten.

Mein Vater war aber eher eine Künstlernatur. Er hatte schlanke, zarte Hände und konnte sehr gut Geige spielen. Er spielte oft mit den Schullehrern der Volksschule Steinhagen im Orchester klassische Stücke. Es wurden auch Konzerte gegeben zum Beispiel an Weihnachten. Auch interessierte ihn die Malerei; er fertigte sehr hübsche Federzeichnungen und schrieb Gedichte.

Ich habe in Steinhagen natürlich zunächst die Volksschule besucht. Danach besuchte ich von 1950-52 die zweijährige Handelsschule in Bielefeld. Nun hatte ich die Mittlere Reife und wollte Büroangestellte werden. Also bewarb ich mich im Alter von 17 Jahren bei mehreren Steinhäger Fabriken und Betrieben als Auszubildende zur Bürokauffrau.

Trotz meiner guten Zeugnisse bekam ich nur Absagen. Man gab mir in Westfalen keine Chance. Ich war natürlich frustriert und sehr enttäuscht darüber.

Heimatvertriebene wurden nach wie vor diskriminiert, das bestätigte mir auch meine damalige Freundin Jutta W. Das ging sogar so weit, dass die Betriebe lieber einheimische Jugendliche mit viel schlechterem Schulabschluss den Vorzug gaben.

Das war natürlich bitter. Die anderen hatten die guten Lehrstellen und wir wussten nicht wie es weitergehen soll.

Damit nicht genug, denn genau so gestalteten sich auch die zwischenmenschlichen Beziehungen. Wehe wenn sich ein einheimischer junger Mann in ein nettes heimatvertriebenes Mädchen verliebte.

In den meisten Fällen wurden diese Liebesverbindungen von den einheimischen Eltern verboten und zerstört. Viele junge Mädchen erlitten dadurch seelischen Schaden.

Es war ein zwar ungeschriebenes aber strenges Gesetz, dass der Sohn eines Hausbesitzers eine Tochter aus gutem und wohlhabenden Hause zu heiraten hat. Genau so üblich war es, dass ein Bauernsohn eine Bäuerin mit Hof zu ehelichen hat.

Eine Heirat zwischen Einheimischem und Heimatvertriebenem war praktisch unmöglich und kam nur äußerst selten vor. Manche gingen sogar so weit, dass sie ihre eigenen Kinder aus der Familie verbannten.

Dadurch wurde das Leben vieler junger Vertriebenen zur Hölle auf Erden oder eine spätere Scheidung war vorprogrammiert.

Es waren schreckliche Opfer und Entbehrungen. Um diese grausame Erfahrung aufzuarbeiten schrieb ich ein Buch mit dem Titel „Ein deutsches Kind auf der Flucht".

3. Kapitel

Besuch der Werkkunstschule

Endlich gelang es mir in Bielefeld bei der Firma Böllhoff eine Stelle als Stenotypistin zu ergattern. Schon nach wenigen Wochen kam ich zufällig an einem großen imposanten Gebäude vorbei und stellte mit Freude fest, dass es sich um eine Werkkunstschule handelte. Ich ging sofort hinein und besichtigte die Klassenräume. Die Studenten waren eifrig mit Zeichnen und Malen beschäftigt.

Das interessierte mich sehr. Mein Herz begann heftig zu klopfen, denn das war mein größter Traum. In meiner Freizeit malte und skizzierte ich ständig. Alle meine bisherigen Lehrer bescheinigten mir ein großes zeichnerisches Talent. So schnell wie möglich packte ich meine Zeichenmappe mit etlichen meiner Zeichnungen zusammen und stellte mich vor. Die zuständige Lehrerin bestätigte nach Einsichtnahme meiner Zeichenmappe meine Fähigkeiten. Sie sagte:

„Sie sind künstlerisch sehr begabt und können jederzeit mit dem Studium beginnen."

Das war der glücklichste Tag in meinem Leben. Mein allergrößter Traum sollte in Erfüllung gehen. Ich konnte es kaum glauben. Natürlich lief ich in meiner Freude mit hochroten Wangen gleich zu meiner Freundin Jutta um ihr von diesem tollen Ereignis zu berichten. Jutta war fast ebenso glücklich wie ich. Wir nahmen uns in die Arme und tanzten wie wild in ihrem Zimmer herum. Lange hielt ich es bei ihr aber nicht aus. Schließlich sollten auch meine Eltern sofort erfahren, was passiert war. Außerdem brauchte ich das Einverständnis meiner Eltern.

Das war allerdings überhaupt kein Problem. Sie waren einverstanden. Meine Eltern waren trotz ihrer bescheidenen Mittel immer bereit mich zu unterstützen. Die Jahre der Not hatten uns zusammengeschweißt und wir hatten gelernt aufeinander Rücksicht zu nehmen. Jeder freute sich über den Erfolg des anderen. Meine berufliche Zukunft lag meinen Eltern sehr am Herzen.

So kündigte ich meine Stelle als Stenotypistin bei der Firma Böllhoff und meldete mich am 7.5.1952 an der Werkkunstschule in Bielefeld an. Ich belegte zunächst den Kurs in der Modezeichnerklasse. Die Werkkunstschule hieß damals noch Meisterschule für das gestaltende Handwerk. Erst einige Jahre später wurde sie auf den Namen Werkkunstschule umgetauft. Und noch etliche Jahre später in Fachhochschule für Kunst und Design.

Auf der Schule lief es von Anfang an gut und sehr vielversprechend. Schon nach etwa einer Woche war ich in der Lage eine Porträtzeichnung anzufertigen für die ich sehr viel Lob von meiner Lehrerin bekam. Sie staunte über mein zeichnerisches Talent und sagte zu ihrer Assistentin:

„Ja, da freut man sich, wenn man wieder eine Begabung entdeckt hat."

Fortan galt ich als das künstlerisch hochbegabte Frl. Felicitas. Meine Zeichenlehrerin war von Anfang an der Meinung, dass man mir sowieso kaum noch etwas beibringen könnte. Vor allen Dingen meine ersten Modezeichnungen entzückten meine Lehrer, sie waren hellauf begeistert über meine zarten Federzeichnungen und waren der Meinung, dass ich bereits einen eigenen Stil entwickelt hätte. Sie verglichen meine Zeichnungen sogar mit denen der berühmten Malerin Bele Bachem. Da mir diese Dame bis zu diesem Zeitpunkt völlig unbekannt war und ich noch nie Arbeiten von ihr gesehen hatte war natürlich auch klar, dass ich sie nicht kopiert habe sondern einen ähnlichen Zeichenstil getroffen hatte.

Ich studierte insgesamt 3 Jahre, also 6 Semester und bestand im Frühjahr 1955 mein Examen als Modezeichnerin. Die Ausbildung war insgesamt hoch qualitativ und vergleichbar mit der einer Kunstakademie, denn wir lernten Stilleben, Früchte, Vasen zu zeichnen, ebenso Zeichnungen von Menschen und vielen Porträtzeichnungen, ebenso Blumen, Tiere, Landschaften, dazu Modezeichnungen, und wir lernten sehr genau zu Zeichnen, sozusagen von der „Pikke" auf und das in vielen Techniken, wie z.B. In Bleistift, Kohle, Tusche, Aquarell, Pastell, Tempora und sogar ein Bild mit Ölfarbe.

Wir hatten 6 Tage vollen Unterricht pro Woche von morgens früh bis abends 18^{00} Uhr mit nur einer Mittagspause. Das Schulungsgremium bestand aus 9 verschiedenen Lehrern und Professoren. Es gab folgende Fächer: Kunstschrift, Modezeichnen, Menschenzeichnen, freies Menschenzeichnen, Naturstudien, Tierstudien und vieles mehr.

4. Kapitel

Herbert hat sich
an mich herangemacht

Als ich ein Jahr auf der Werkkunstschule war, lernte ich im Frühjahr 1953 Herbert A. kennen. Er begann im Frühjahr 1953 an unserer Kunstschule mit dem Studium und zwar in der Malerklasse. Zum damaligen Zeitpunkt war Herbert 23 Jahre alt, ein Bauernsohn aus Hesselteich.

Alle Schüler unserer Schule hatten einmal in der Woche an einem Tag gemeinsam Unterricht in einem entsprechend großen Raum und zwar Menschenzeichnen bei Herrn. W. Heiner. Ich begegnete Herbert deshalb regelmäßig beim gemeinsamen Unterricht. Herbert fiel mir sofort auf: Er hatte rote Haare, war untersetzt und hatte Sommersprossen.

Ich begegnete ihm auch auf dem Schulhof, auf den Fluren oder während der Schul- und Mittagspausen. Immer wenn wir uns trafen lächelte er mich an. Anscheinend gefiel ich ihm gut. Während der kommenden drei Monate, von April bis Ende Juli, lud er mich ständig ein. Er wollte mit mir tanzen gehen oder ins Kino. Eines Tages trafen wir uns direkt vor dem Schulgebäude. Er sagte:

„Felicitas, hast du Lust heute abend mit mir tanzen zu gehen?"

Ich lehnte ab und blickte auf den Boden. Aber er ließ nicht locker. Abermals fragte er:

„Oder wir gehen heute nachmittag ins Café. Ich lade dich ein."

Doch auch diese Einladung nahm ich nicht an.

Schnell lief ich ins Schulgebäude. Ich konnte Herbert nicht ausstehen. Seine roten Haare fand ich schrecklich außerdem war er viel zu dick. Er war mir regelrecht zuwider. Ich hasste ihn furchtbar. Er war überhaupt nicht mein Typ. Ich hatte richtiggehend ungute Gefühle wenn ich ihn sah.

Herbert hatte einen guten Freund und Klassenkameraden, der sich als Brautwerber aufspielte. Er wollte mich überreden mit Herbert doch endlich mal auszugehen. Er sagte:

„Felicitas, du trittst dein Glück mit den Füßen, geh doch endlich mal mit dem Herbert aus, dass ist so ein guter und lieber Mensch und außerdem ein reicher Bauernsohn." (Wie ich Jahre später erfuhr bestand der „große Bauernhof" der Familie des Herbert A. nur aus 5 Morgen Land und Herberts Vater musste zur Ernährung der Familie bei andern Leuten z. B. als Mechaniker neben her arbeiten)

Ich hatte es allerdings nicht nötig mit Herbert auszugehen, denn ich war ein junges hübsches Mädchen und hatte bereits einen ehrlichen und anständigen Freund. Seine Name war Joachim S. Er war 26 Jahre jung, blond und gutaussehend, von Beruf Kunsttischler. Er arbeitete bei einem Innenarchitekten im Büro. Joachim und ich lernten uns auf einem Fest im Februar 1953 kennen. Ich war damals 18 Jahre alt. Jeden Sonntag und auch an Feiertagen holte mich Joachim mit seinem Motorrad ab. Wir gingen oft zusammen wandern oder besuchten alle möglichen Veranstaltungen. Niemals bedrängte er mich. Er respektierte mich und meine Wünsche. Wir sprachen auch über eine spätere Heirat. Zunächst wollte ich aber mein Studium abschließen. Jochen und ich blieben bis Mitte Juli ein Paar. Leider trennten wir uns nach einem Missverständnis, worüber ich sehr traurig war.

Es gab auch noch einen anderen jungen Mann, den ich bereits seit meinem 15. Lebensjahr kannte und mit dem ich gut reden konnte. Ich wusste zwar, dass er schon seit Jahren mit mir gehen wollte, aber ich war immer unentschlossen. Mich störte etwas an ihm. Er war immer so schrecklich traurig, sein Gesicht nahm dann einen ziemlich melancholischen Ausdruck an. Da ich seine Lebensgeschichte kannte, hatte ich zwar großes Verständnis für ihn, aber mehr war es eben nicht. Er war ebenfalls Heimatvertriebener und im Gegensatz zu mir damals bei der Vertreibung schon 15 Jahre alt, so dass er das ganze Elend viel mehr zu spüren bekam und viel schmerzlicher empfunden hat.

Ein 15jähriger Junge ist ja generell in einer anderen Entwicklungsstufe als ein 10jähriges Mädchen. Er war geprägt. Hübsch war er, der Willi B. und nett auch. Manchmal habe ich es später auch bereut, dass ich mit diesem anständigen jungen Mann nicht zusammengekommen bin. Jedenfalls waren wir gute Freunde und sind auch manchmal zusammen ins Café oder ins Kino gegangen. Er war immer rücksichtsvoll und hatte viel Verständnis für meine kleinen und großen Sorgen.

Die Trennung von Jochen schmerzte sehr und ich zog mich zurück. Ich saß wochenlang zu Hause herum und grübelte so vor mich hin.

Eines Tages besuchte mich eine schon etwas ältere Freundin. Ich erzählte ihr alles. Auch von Herbert, der nun mittlerweile seit 4 Monaten hinter mir her war und mich schon unzählige Male eingeladen hatte. Meine Freundin empfand Mitleid und sagte so zum Trost:

„Dann gehe doch mit dem Herbert mal aus. Das kannst du ruhig machen. Vielleicht ist er ja doch ganz nett auch wenn sein Äußeres vielleicht nicht so ganz deinen Vorstellungen entspricht."

Ich war zwar skeptisch aber ich fühlte mich so einsam, dass ich ihr versprach mir es zu überlegen.

Ich dachte auch wirklich tagelang darüber nach. Eine innere Stimme sagte mir immerwährend „tue es nicht, geh nicht mit ihm aus" und ich war ziemlich hin und her gerissen, da ich ja sowieso eine tiefe Abneigung gegen ihn hatte. Aber dann dachte ich es wären ja vielleicht wirklich nur Vorurteile und er tat mir leid.

Eines Tages siegte mein Neugier und ich wollte es wagen. Ich beriet mich zunächst mit meiner Mutter. Sie hatte jedoch gegen eine Verabredung mit ihm nichts einzuwenden. Sie war der Meinung, dass er anständig wäre, ein Klassenkamerad, der auf dieselbe Schule ging und hatte nichts gegen ein unverbindliches Treffen mit ihm im Café, Zoo oder Kino einzuwenden.

So sagte ich bei der nächsten Einladung zu. Er verhielt sich bei unserem ersten Treffen ziemlich zurückhaltend. Es kam zu einer weiteren Verabredung mit ihm. Es war nett mit ihm zusammen zu sein und ich vergrub meine Vorbehalte gegen Herbert und freute mich über sein korrektes Verhalten.

5. Kapitel

Ein Ausflug mit Folgen

Nach ein paar Tagen lud er mich wieder ein und zwar in den Tierpark Olderdissen zum Kaffee trinken in das dortige Ausflugslokal ein. Ich stimmte freudig zu. Wir setzten uns in eine Nische rechts vom Eingang. Dort unterhielten wir uns über Gott und die Welt. Unser Lieblingsthema war die Kunstschule und wir unterhielten uns ungestört ungefähr zwei Stunden prächtig. Dann gingen wir im Tierpark spazieren und schauten uns die Tiere in den Gehegen an.

Herbert machte den Vorschlag noch einen Spaziergang im angrenzenden Wald zu unternehmen. Da es ja noch früh war und noch lange hell bleiben würde, stimmte ich gerne zu.

Wir zogen los. Ich hatte inzwischen vollstes Vertrauen. Wir liefen mehrere Stunden im Wald umher und unterhielten uns lebhaft. Gemeinsame Interessen hatten wir ja zu Genüge. Musik, Malerei und natürlich die gemeinsame Schule. Die Zeit verging wie im Flug und es dämmerte bereits als ich bemerkte, dass wir vom Hauptweg abgekommen waren und uns auf einem kleinen Nebenweg befanden. Der Weg führte in eine kleine Waldlichtung. Hier wuchsen wunderschöne Waldblumen und alles war mit Moos bewachsen. Um uns herum gab es viel Gestrüpp.

Inzwischen war es ziemlich finster geworden und in mir stieg eine leichte Beklommenheit empor. Deshalb wollte ich unbedingt den Heimweg antreten und sagte zu Herbert:

„Es ist schon fast dunkel, lass uns bitte nach Hause gehen!"

Doch Herbert wollte ganz offensichtlich etwas ganz anderes.

Er riss mich in seine starken Arme und versuchte keuchend mich heftig zu küssen. Ich wehrte mich und wollte mich losreißen um ihm zu entkommen. Er hielt mich jedoch an beiden Armen fest und ich kam gegen seine Kräfte nicht an. Ich spürte seinen eisernen Griff und mir schnürte es die Kehle zu. Ich fühlte mich wehrlos und ausgeliefert und bekam schreckliche Angst. Mein Herz klopfte wie verrückt und Panik erfasste mich. Es entwickelte sich ein regelrechter Ringkampf, der mit Sicherheit über 30 Minuten andauerte. Ich wollte mich nicht küssen lassen und wollte nur noch schnell nach Hause.

Zwischenzeitlich war es stockdunkel geworden. Ich konnte nichts mehr erkennen. Mir tat jeder einzelne Muskel jede Faser meines Körpers weh, denn das Handgemenge mit Herbert war anstrengend. Das Kräfteverhältnis war ungleich. Gegen seine Bärenkräfte hatte ich überhaupt keine Chance. Ich war völlig verzweifelt und musste mir eingestehen, dass es keinen Sinn mehr hatte mich gegen ihn zu wehren.

Nun warf er mich brutal zu Boden und riss mir die Kleidung vom Leibe, warf sich auf mich und raubte mir meine Unschuld.

Während der ganzen Zeit, auch während meines verzweifelten Ringkampfes, sprach er nicht ein einziges Wort. Kein Laut kam über seine Lippen. Es war unheimlich und gespenstisch. Ich war völlig fertig und hatte Angst. Er war so brutal und gemein zu mir und ich war ein völlig hilfloses Opfer. Es waren körperliche und seelische Schmerzen, richtige Qualen die ich erlitt.

Er hatte mich so sehr gedemütigt, ich war völlig überrumpelt worden und absolut verwirrt.

Alle meine Illusionen wurden auf einen Schlag zerstört. Schließlich war ich ein junges unschuldiges Mädchen, gerade mal 19 Jahre alt geworden und hatte natürlich, wie vermutlich alle Mädchen in meinem Alter von der großen Liebe geträumt. Von einem Märchenprinz, der mich auf Händen tragen sollte, mich zärtlich küsst und liebevoll mit mir umgeht. Meine Träume wurden mit dieser schweinischen Aktion begraben. Alle meine Gedanken um dieses Thema schwirrten mir im Kopf herum.

Wieso hat er das getan?

Warum war es so schmerzhaft, brutal, demütigend und schrecklich?

Warum hat er mich nicht vorher gefragt ob ich mit ihm schlafen wolle, ob ich noch unschuldig bin und ob ich überhaupt schon irgendwelche Erfahrungen gemacht hatte?

Er war kein bisschen zärtlich zu mir, es war absolut nichts romantisches nichts liebevolles dabei. Er hat mir kein Ringlein geschenkt mir keine weiße schöne Hochzeit geboten. Er hat mir nicht gesagt:

„Ich liebe dich."

Ich hatte keine Gelegenheit mich seelisch auf meine erste Nacht auf meine Entjungferung vorzubereiten. Dabei ist die erste Liebe und die erste Nacht so sehr wichtig für ein junges Mädchen, das ganze Leben wird geprägt.

Mir wurde in einer stockfinsteren Nacht auf einem kalten, nassen Waldboden von einem Monster die Unschuld geraubt, unter Zwang und ohne jegliches Einverständnis. Ich war völlig verwirrt.

Wie sollte ich vor die Augen meiner Eltern treten?

Ich konnte ihn nicht verstehen. Er war fast 5 Jahre älter und hatte bereits mehrere Liebschaften. Schon mit 16 Jahren war er mit einem Mädchen zusammen, dass er liebte. Diese Verbindung musste er aufgeben, weil seine Eltern gegen das Mädchen waren.

Sie hatten andere Pläne mit ihrem Herbert. Er sollte eine reiche Bauerntochter heiraten, die einmal einen Bauernhof erben würde. Eine andere Heirat kam für die Eltern nicht in Frage.

So war es doch eigentlich sowieso von Anfang an klar, dass ich gar keine Kandidatin war. Warum also hat er sich an mir vergangen?

Was hatte ihn zu so einer brutalen Handlung getrieben?

Ich war in meinem ganzen Leben noch nie so unglücklich. Aber schließlich musste ich ja nach Hause.

Wortlos brachte mich Herbert auf seinem Motorrad zu meinen Eltern zurück.

Ich war heil froh, dass meine Eltern bereits schliefen, als ich leise durch die Wohnung in mein Zimmer schlich.

Ich war total verwirrt und aufgewühlt und wusste nicht was ich von diesem brutalen Geschehen halten sollte. Ich lag die ganze Nacht wach und weinte bitterlich in mein Kissen. Immer wieder erlebte ich im Geiste wie eine Wiederholungsszene die Vergewaltigung die mir durch Herbert angetan worden war.

Nach stundenlangem Aufgewühlt sein fiel ich gegen morgen in einen unruhigen kurzen Schlaf.

Am nächsten Morgen fragte mich meine Mutter beim Frühstück:

„Du bist gestern ja so spät nach Hause gekommen. Wo warst du so lange."

Ich erwiderte ihr:

„Ach wir waren nur tanzen."

Über das nächtliche Trauma konnte ich nicht sprechen. Ich schämte mich so entsetzlich und traute mich nicht etwas zu sagen. Ich habe es einfach nicht fertig gebracht.

Damals waren solche Themen ein völliges Tabu in der Familie. Töchter sprachen weder mit der Mutter und schon gar nicht mit dem Vater über sexuelle Dinge. Wir wurden damals auch nicht aufgeklärt und hatten keine Ahnung. Manches schnappte man zwar auf der Straße auf aber ein Gesprächsthema wäre das niemals in einer Familie zur damaligen Zeit gewesen. Solche Dinge behielt man für sich und musste zusehen wie man damit fertig wurde. Schon allein das Schamgefühl hätte mich daran gehindert mich vertrauensvoll an meine Mutter zu wenden. Auch hatte ich natürlich überhaupt keine Ahnung, dass es sexuell perverse Männer wie der Herbert einer war, gab. Heute würde man ihn wegen Vergewaltigung und sexueller Nötigung anklagen und verurteilen. Damals war man auf sich selbst gestellt. Die Dunkelziffer ist mir zwar unbekannt, aber ich kann mir vorstellen, dass ich kein Einzelfall war.

Damals war es noch üblich unschuldig in die Ehe zu gehen. Auch meine Eltern waren bereits 24 und 26 Jahre alt als sie sich das Ja-Wort gaben und ehelicher Verkehr vor der Hochzeit war verpönt und selbstverständlich hielten sich meine Eltern an diese moralischen Vorstellungen. Ich wurde ebenfalls so erzogen und wollte natürlich als Jungfrau in die Ehe gehen. Diese Illusion wurde mir nun geraubt und wie sollte ich denn über so ein furchtbares und schreckliches Erlebnis jemals reden können.

6. Kapitel

Herbert und ich

Am nächsten Tag besuchte mich Herbert beziehungsweise holte mich mit dem Motorrad ab und tat so als wäre nichts geschehen. Und ich naives junges Mädchen bin auch noch mitgegangen.

So denke ich heute.

Aber damals spielte sich das natürlich ganz anders ab.

Herbert kam sehr zu meiner Verwirrung am nächsten Tag mit dem Motorrad vor mein Elternhaus. Es war so gegen 17^{00} Uhr. Ich hörte sein Motorrad kommen und anhalten. Ich ging raus zu ihm. Er hatte sich auf eine schmale Grasfläche vor dem Gartentor gesetzt und wartete auf mich. Er begrüßte mich und tat so harmlos, als wenn nichts gewesen wäre. Ich war von dem gestrigen Geschehen noch immer völlig verwirrt, ich schämte mich so sehr, dass ich meinen Blick gesenkt hielt und wagte es nicht ihm in die Augen zu schauen. Er sagte dann:

„Lass uns irgendwo ins Grüne fahren."

Wir fuhren in einen Park um dort spazieren zu gehen. Er vermied es während des gesamten Spazierganges über das Geschehene zu sprechen. Wir sprachen über allgemeine belanglose

Dinge. Lange saßen wir in dem Park auf einer Bank. Ab und zu küsste er mich jedoch leidenschaftlich.

Am Abend brachte er mich dann wieder zu mir nach Hause. Er verabschiedete sich von mir vor der Haustür, er kam nicht mit in unsere Wohnung um meine Eltern zu begrüßen. Das wollte er wohl offensichtlich vermeiden.

In den kommenden Tagen waren wir ständig verabredet und lange unterwegs. Ich kam immer erst sehr spät in der Nacht nach Hause. Da wurde meine Mutter misstrauisch. Sie schimpfte mich aus und sagte:

„Mit diesem Kerl lasse ich dich nicht mehr ausgehen."

Sie informierte auch meinen Vater. Meine Mutter wollte ihn dazu bewegen etwas zu unternehmen aber mein Vater wollte nicht.

Da ergriff meine Mutter die Initiative und versteckte meinen Mantel und meine Handtasche um zu vermeiden, dass ich mit Herbert wegfahre.

Zwischenzeitlich war ich aber so sehr in Herbert verliebt, dass ich auch im dünnen Sommerkleid ohne Mantel mitfuhr.

Da ich keine Ahnung von der körperlichen Liebe hatte, war es für mich wie ein dunkles unerforschtes Gebiet vor dem ich zwar Angst hatte aber gleichzeitig glaubte, dass es vielleicht ja so brutal richtig wäre. Jedenfalls glaubte ich nicht, dass dieses sexuelle Erlebnis eine Vergewaltigung war. Das Wort gab es gar nicht. Ich war katholisch erzogen und wusste lediglich, dass die körperliche Liebe in der Ehe stattzufinden habe, auch wegen einer möglichen Schwangerschaft.

Ich hatte jetzt natürlich entsetzliche Angst vor einer vorehelichen Schwangerschaft. Damals war es eine große Schande, vor allen Dingen für die Frau. Egal ob sie nun etwas dafür kann oder nicht. Niemand hätte mir geglaubt.

Auch hatte ich meinen Eltern gegenüber ein total schlechtes Gewissen. Das wollte ich ihnen doch im Leben nicht antun, nach allem was sie für mich getan hatten.

Wenn es nach mir gegangen wäre, hätte ich mir mit dem Geschlechtsverkehr bis zur Ehe Zeit gelassen. Ich konnte ja nicht ahnen, dass er mich zum Geschlechtsverkehr zwingen würde.

Das war eine schwere Zeit.

Mehrere Monate kam er mich zweimal pro Woche abholen. Dann fuhr er wieder mit mir zu einem kleinen Wald und wir gingen dort spazieren. Er hatte eine kleine Decke mitgebracht, die er auf einer Wiese ausbreitete. Wir setzten uns hin und unterhielten uns eine Weile, bis er wieder anfing mich heftig zu küssen.

Ich wehrte mich nicht mehr, denn inzwischen gefiel er mir, ich hatte mich in ihn verliebt. Er war der erste Mann in meinem Leben und hatte mich sozusagen „wach geküsst".

Es kam mir vor wie im Märchen mit der Prinzessin und dem Froschkönig. Aus dem hässlichen Frosch, dem rothaarigen untersetzten

Bauernbengel, war für mich der Mann, den ich über alles liebte, geworden. Es sollte der erste und einzige Mann auf dieser Welt für mich sein.

So glaubte ich damals zu fühlen. Heute weiß ich es natürlich besser. Mir ist das damals passiert was die Psychologen heute das Stockholm Syndrom nennen. Dabei passiert folgendes, übrigens nicht seltenes Phänomen. Es findet eine Identifikation des Opfers mit dem Täter statt. Das abscheuliche Verbrechen, in meinem Fall der Missbrauch und die sexuelle Nötigung wird total verdrängt. Die Psyche spaltet das negative Erlebnis ab, sonst würde man ohne psychologische Betreuung mit so einem Trauma gar nicht weiterleben können. Man sieht den Täter „mit anderen Augen" und findet somit eine Art Entschuldigung. Es ist eine Schutzfunktion. Ich habe die Vergewaltigung absolut verdrängt, habe alles in mich hineingefressen, mich dafür auch noch geschämt und schuldig gefühlt. Das war, wie ich heute weiß, eine typische Opferhaltung. Ich klammerte mich mit all meinen Gefühlen an meinen „Täter", dem ich mich ausgeliefert fühlte und dem ich sexuell und gefühlsmäßig hörig war.

Das alles weiß ich heute, nachdem ich in psychologischer Behandlung war.

Ich erzählte dem Psychologen die traurige Geschichte über meine erste große Liebe zu Herbert. Ich erzählte ihm natürlich auch von der ersten Nacht und sagte ihm, dass der Herbert mich zu meinem ersten sexuellen Akt gezwungen habe. Der Psychologe antwortete darauf:

„Das war eine Vergewaltigung!"

Er sagte auch, dass die erste Liebe und das erste Mal ein Mädchen für das ganze Leben prägt, das ganze Verhalten Männern gegenüber wird fundamentiert.

Es ist erwiesen, dass die Ehen in der das Mädchen den ersten Mann heiratet glücklicher und stabiler sind.

Der Psychologe sagte auch:

„Sie konnten diese Liebe zu Herbert nicht ausleben, die Geschichte ist nicht abgeschlossen und deswegen rumort sie auch noch in Ihrer Seele so."

Und ein anderer Psychologe sagte mir zu einem späteren Zeitpunkt:

„Wenn Ihnen Herbert so großes Leid zugefügt hat, dann versuchen Sie ihm alles das was sie ihm gern gesagt hätten und empfunden haben zu schreiben, sagen Sie ihm richtig die Meinung, schimpfen Sie ihn aus, das hilft. Sie schreiben sich alles so richtig von der Seele, das wird Ihnen guttun und alles erleichtern."

So entstand die Idee für dieses Buch. Das ist eine Art Therapie für mich, nach all den Jahren aufzuarbeiten was mich seit meiner Jugend so gequält hat.

Irgendwann habe ich einmal folgenden Spruch gelesen:

„Ich tue dir jetzt weh, damit du weißt wie sehr du mir damals weh getan hast."

Doch nun zurück zum Sommer 1953.

Es war Sommer, August, und wir hatten die großen Sommerferien, auch auf der Kunstschule war die Ferienzeit angebrochen. Endlich genug Zeit um mit Herbert alles mögliche zu unternehmen.

Doch er kam wie gewohnt zweimal pro Woche, mittwochs und sonntags. Wir fuhren dann an die Ems schwimmen, redeten viel und küssten uns lange.

Manchmal fuhr er auch mit mir in die Innenstadt, um mit mir in ein Café zu gehen oder auf die Kirmes.

Ich war von dieser ersten Liebe so beeindruckt und aufgewühlt, dass ich anfing Gedichte zu schreiben. Mein erstes Gedicht hieß:

„Komm leg Deinen Kopf an meine Schulter".

Ich fühlte mich beflügelt, und eine neue Fähigkeit kam in mir zum Vorschein.

Die Gedichte kamen oft plötzlich zu mir, kurz vor dem Schlafen gehen, überkam es mich und ich musste alles aufschreiben. Es waren hauptsächlich Liebesgedichte, die ich für Herbert schrieb. Ich schrieb die Gedichte in einer Art Trancezustand auf irgendwelche Papierstücke.

Ich fühlte mich in diesen Sommerferien anders, irgendwie beschwingt. Wegen der Liebe, die ich empfand, erlebte ich diese Zeit bewusster.

Das Sonnenlicht schien viel goldener, die Farben der Blumen und Bäume viel bunter, ich war total glücklich und verliebt.

Eines Tages lud er mich sogar ins Kino ein und zwar in den Film mit dem Titel „Moulin Rouge". Die Filmmelodie prägte sich bei mir besonders stark ein. Zukünftig war dies dann „unser Lied". Immer, auch noch in späteren Jahren erinnerte mich diese Melodie an meinen Herbert und wehmütig dachte ich an die Zeit mit ihm zurück.

Nach unseren Ausflügen fuhren wir immer zu einer kleinen Waldlichtung ganz in der Nähe meines Elternhauses. Dort breitete Herbert eine Decke aus und holte zwei kleine Kissen hervor. Wir legten uns auf die Decke, um uns zu küssen. Diese Zärtlichkeiten genoss ich in vollen Zügen. Die Liebe breitete ihre Flügel aus, die Sterne waren unsere Nachtlämpchen zusammen mit dem silbernen Mondschein.

Die Grillen sangen dazu ihr Liebeslied und über allem lag der Duft von unzähligen Sommerblüten, Pflanzen und der Blüten der Bäume.

Es war ungeheuer romantisch. Ich war völlig außer mir vor lauter Liebe und glücklich wie noch nie, schlang ich meine Arme um Herbert und sagte:

„Ach, Herbert, ich liebe dich so sehr!"

Nach diesem Ausruf herrschte einige Minuten eisige Stille. Dann antwortete Herbert:

„So sehr liebst du mich? Aber ich kann dich nicht heiraten, denn ich muss eine reiche Bauerntochter heiraten, die einmal einen Bauernhof erbt. Das wollen meine Eltern so und sie haben auch schon die richtige Frau für mich gefunden. Sie heißt Hedwig. Sie ist zwar nicht schön, aber eben reich. Wenn ich diese nicht attraktive Frau heiraten muss, dann gehe ich sowieso immer fremd."

Ich hatte in meiner jugendlichen Naivität die Tragweite seiner Worte überhaupt nicht begriffen und antwortete mitfühlend:

„Ach, das macht doch nichts, wenn du Hedwig heiraten musst. Hauptsache wir bleiben für immer zusammen."

Ich liebte in so sehr, dass ich alles in Kauf nahm, wenn er nur bei mir bleibt. Er brachte mich dann nach Hause und küsste mich noch liebevoll zum Abschied. In dieser Nacht lag ich noch lange wach und grübelte über seine Worte nach.

Was hatte das alles zu bedeuten?

Warum erzählte er mir das nicht vor unserer Beziehung?

Er wusste es doch schon lange genug, seine Eltern hatten es ihm doch unmissverständlich klar gemacht?

Warum rückte er denn jetzt erst damit heraus?

Was für ein Spiel trieb er mit mir?

Erst vergewaltigte er mich, dann machte er mich gefügig und war letztlich Schuld daran, dass ich ihn so sehr liebte. Mit seinen über 23 Jahren und mehreren Liebesbeziehungen musste er doch mindestens ahnen wie es um mich stand. Ich war doch bevor ich ihm begegnete ein kleines, unschuldiges und wirklich völlig naives Mädchen ohne jegliche Erfahrungen.

War er ein Betrüger?

Jedenfalls fiel heute ein großer Schatten über meine Liebe zu ihm.

Wir gingen weiterhin zusammen aus und am Ende jedes Ausfluges gingen wir zu unserem Lieblingsplatz am Wäldchen und küssten uns zärtlich.

Nach einigen Wochen fragte mich Herbert:

„Warum hast du noch kein Kind empfangen? Wenn du ein Kind bekommen würdest, dann könnten wir zusammen bleiben."

Aber wie sollte ich schwanger werden, wenn er ja doch „aufpasste" damit nichts passiert. Vermutlich wollte er mir weismachen, dass er auf diese unkonventionelle Art seine Eltern umstimmen könnte mich zu heiraten. Wie er mir selbst erzählte, wurde auch er vorehelich gezeugt und seine Eltern gingen eine sogenannte Mussehe ein.

In dieser Zeit, immer wenn wir auf unserer Decke lagen, erzählte mir Herbert von seinen früheren Liebesbeziehungen.

Seine erste Freundin hatte er mit 16 Jahren. Sie war damals ebenfalls erst 16 und ein Flüchtlingsmädchen. Herberts Vater war gegen diese Verbindung vor allen Dingen auch deswegen, weil sie nur eine arme Heimatvertriebene war.

Herbert sollte eine bessere Partie machen.

Herbert erzählte mir, dass er nach der erzwungenen Trennung durch seine Eltern sehr traurig war und die ganze Nacht um seine erste große Liebe bitterlich geweint hatte.

Natürlich identifizierte ich mich sofort mit diesem Mädchen. Schließlich war es mir doch ganz genau so ergangen.

Aber Herbert wusste nicht, dass auch ich eine Heimatvertriebene war und als Herbert mir das jetzt so erzählte, wurde mir ganz beklommen ums Herz, denn auch ich war ja nur ein armes Flüchtlingsmädchen. Aber das sagte ich Herbert damals noch nicht. Er würde es noch früh genug erfahren, dass auch ich ein Flüchtlingsmädchen war.

Dann waren die Sommerferien zu Ende.

Wir mussten wieder zur Kunstschule in den Unterricht gehen. Wir traten nun in der Schule offiziell als Paar auf. Alle sollten wissen, dass wir miteinander gingen. Die Pausen verbrachten wir gemeinsam. Manchmal trafen wir uns auch zu einem Spaziergang im Park oder in den nahegelegenen Grünanlagen der Sparrenburg.

Wir turtelten und schmusten und flirteten und waren sehr glücklich. Manchmal saßen wir auch Händchen haltend auf einer Bank in der Sonne.

Herbert wühlte sehr gerne in meiner naturgelockten langen Haarmähne und sagte dann immer:

„Was für ein schönes Mädchen du doch bist!"

Auf den Tanzfesten und Schulbällen unserer Schule tanzten wir als eng umschlungenes Liebespaar wie berauscht halbe Nächte. Und einmal sagte er zu mir:

„Felicitas, ich liebe nur dich!"

Eine meiner Lehrerinnen konnte es absolut nicht verstehen, dass ich begabte, sensible Schülerin mich mit einem primitiven Bauernlümmel einließ. Sie kannte natürlich nicht die ganze Wahrheit.

Wie auch?

Es gab auch andere vor allen Dingen junge Männer, die mein Verhalten nicht verstanden. Manche von denen wollten mich haben. Ich sollte „ihr Mädchen" sein. Aber ich hatte nur Augen für meinen Herbert, den ich über alles liebte und ich wollte partout keinen anderen Mann haben.

Im Nachhinein habe ich mich natürlich darüber geärgert, dass ich meine Chancen nicht wahrgenommen hatte. Es waren bestimmt etliche ehrlich gemeinte Angebote beziehungsweise Heiratskandidaten darunter. Es gab zu meiner Zeit mindestens zehn weitere Liebespaare auf unserer Schule und alle haben sie später geheiratet.

Aus den verschiedensten Fachklassen wie z.B. der Innenarchitekten, Modezeichner, Bildhauer oder Maler taten sich Jungen und Mädchen zusammen. Nicht wenige Studentinnen fanden den Mann fürs Leben.

Nur ich hatte so ein Pech und geriet an einen Ausnutzer und gewissenlosen Heiratsschwindler der mich nur benutzte. Leider war ich ja schließlich eine der allerjüngsten Studentinnen, blutjung und völlig naiv.

Manche waren schon Mitte bis Ende Dreißig.

Die wussten genau was sie taten und wie man
einen Mann anpacken musste, damit er zur Ehe
bereit war.

7. Kapitel

Meine Eltern wollen
Herbert kennenlernen

So vergingen der September und fast der ganze Oktober. Herbert und ich trafen uns nach wie vor mehrere Male in der Woche an unserem Wäldchen. Es war im Oktober kalt geworden und ich zog mir eine massive Erkältung zu. Ich musste im Bett bleiben und konnte natürlich auch nicht in die Schule. Herbert vermisste mich anscheinend, denn er schrieb mir einen Brief. Er erkundigte sich nach meinem Befinden. Später bekam ich noch einen Brief. Diese zwei Briefe von ihm habe ich heute noch.

Schließlich wurde es bereits November und ziemlich kalt. Wir konnten nun nicht mehr auf unserer Decke am Wäldchen sitzen, auch nicht mehr auf einer Parkbank.

Dann fehlte Herbert in der Schule und ich vermutete, dass auch er krank geworden war. Ich war etwas niedergeschlagen und fühlte mich allein.

Meine Eltern baten mich um ein Gespräch. Sie teilten mir mit, dass sie Herbert gerne kennenlernen würden und ich sollte ihn auf den kommenden Sonntag einladen. Ich beschloss ihn anzurufen. Damals hatten wir noch kein Telefon, Herberts Eltern auch nicht. Deshalb ging ich in unser Lebensmittelgeschäft zu Lina, denn die hatte ein Telefon und jeder durfte dort telefonieren. Auch in Hesselteich bei Versmold in der Nähe von Herberts Eltern gab es ein Lebensmittelgeschäft. Dort rief ich an. Ich bat darum, dass man Herbert ans Telefon holen möge und wartete. Herbert kam wenige Minuten später ans Telefon und ich überbrachte ihm die Einladung meiner Eltern. Herbert sagte zu.

Jetzt begann das übliche „Dorfgeschwätz". Nun wussten die Dorfbewohner, dass ich mit Herbert liiert war. Und es kam wie es kommen musste. Der Tratsch ging bis zum Bauernhof von Herberts Eltern. Bisher hatten sie ja keine Ahnung von unserer Bindung. Sie erfuhren nun natürlich auch, dass ich nur ein armes Flüchtlingsmädchen war, völlig inakzeptabel als zukünftige Schwiegertochter. So war es auch kein Wunder, dass Herbert an dem besagten Sonntag nicht zu uns kam. Er ließ durch Lina ausrichten, dass er erkältet sei.

Ich war schockiert und meine Eltern sehr verärgert, denn es lag auf der Hand, dass es sich hierbei nur um eine faule Ausrede handeln konnte. Wieder grübelte ich den ganzen Tag vor mich hin und ich fühlte, dass dies nichts gutes zu bedeuten hatte.

Am nächsten Tag trafen wir unsere Nachbarin, die bestens informiert war. Diese Frau war etwas seltsam. Sie sah furchterregend aus, richtiggehend finster, ja direkt bösartig. Die Kinder aus der Nachbarschaft hatten Angst vor ihr oder ihrem bösen Blick. Sie war Kartenlegerin und mischte sich in alles ein. Diese Frau sagte zu meiner Mutter:

„Na und, ein Bauernsohn muss ja auch eine Bauerntochter heiraten, der kann doch kein armes Mädchen heiraten. Da musste man doch die Eltern des jungen Mannes warnen."

Nun vermuteten wir zu recht, dass auch sie ihre Hände im Spiel hatte und sich an den Intrigen gegen mich beteiligt hatte.

Nach diesem Sonntag ging ich wieder zur Kunstschule. Herbert ließ sich einige Tage nicht blicken. Er war auch nicht in der Schule. Als er wiederkam, wirkte er ziemlich niedergeschlagen. Er erklärte mir, dass er wegen seiner Erkältung nicht zu uns hatte kommen können. Aber ich sah den Blick in seinen Augen und bemerkte die Veränderung. Er lud mich auch nicht ein, weder zu einem Spaziergang, noch ins Kino oder Café.

Er behauptete sogar, dass ich schlecht über ihn geredet hätte. Er stellte mich vor allen Mitschülern damit bloß. Das war natürlich nicht wahr und ich wehrte mich. Ich sagte:

„Das ist gelogen. Ich habe mir nichts zuschulden kommen lassen."

Wie konnte er so was behaupten, schließlich liebte ich ihn doch. Warum sollte ich denn über ihn herziehen. Ich war richtig empört und ließ ihn einfach auf dem Schulflur stehen.

Die nächsten zwei Wochen wechselten wir kein einziges Wort miteinander.

Erst am letzten Tag vor den Weihnachtsferien trafen wir uns wieder. Herbert kam in unser Klassenzimmer und sagte:

„Felicitas, ich möchte mit dir sprechen!"

Aber ich war so sauer auf ihn, dass ich mich weigerte mit ihm zu sprechen. Ich lief vor ihm weg in den Keller der Schule und zum Hinterausgang hinaus. Er lief hinter mir her. Dieses Spielchen ging einige Male hin und her. Da ich zu keinem Gespräch bereit war, gab er schließlich auf. Wir gingen ohne ein Wort miteinander gesprochen zu haben beide in die Weihnachtsferien. Bereits nach einigen Tagen bereute ich mein Verhalten und fand es ziemlich kindisch und albern. Nun konnte ich ihn die gesamte Ferienzeit nicht erreichen.

Weihnachten rückte näher und sehnsüchtig wartete ich auf ein Lebenszeichen von Herbert. Aber es kam nichts.

Am Heiligen Abend 1953 fühlte ich mich sehr elend. Ich zerging fast vor Sehnsucht und schrieb ein ganz trauriges Gedicht mit dem Titel „Weihnacht". Nach Weihnachten erfuhr ich von meinem älteren Bruder, dass sich Herbert bereits vor Weihnachten bei ihm über mein unfreundliches Verhalten beschwert hatte.

Endlich waren die Weihnachtsferien zu Ende und Anfang Januar 1954 begann der Unterricht in der Kunstwerkschule.

Nun endlich würde es ein Wiedersehen mit Herbert geben. Ich freute mich wahnsinnig darauf. Wir begegneten uns gleich am ersten Tag. Trotz seiner Freude über unser Wiedersehen bemerkte ich eine gewisse Niedergeschlagenheit und Traurigkeit in seinem Gesicht. Das dauerte mehrere Tage an bis er eines Tages zu mir sagte:

„Meine Eltern haben erfahren, dass wir miteinander gehen und haben mir untersagt mich mit dir zu treffen, denn mein Vater besteht immer noch darauf, dass ich eine Bauerntochter heiraten soll."

Ich war fassungslos. Eine Welt brach zusammen. Wie sollte ich das überleben. Ich konnte es nicht glauben, dass ich ihn von nun an nicht mehr sehen durfte.

Mehrere Wochen brach ich ständig in Tränen aus und wurde regelrecht manisch depressiv. Meine beste Freundin Irmtraut versuchte mich zu trösten. Sie nahm mich in ihre Arme und streichelte mich. Sie redete beruhigend auf mich ein und sagte:

„Es wird alles wieder gut. Hör doch auf zu weinen."

Noch heute sehe ich ihr liebes und besorgtes Gesicht und ihre rehbraunen Augen vor mir. Meiner Mutter konnte ich mich nach wie vor nicht anvertrauen, ihr nicht mein Herz ausschütten. Sie war eine herbe Frau geworden. Sie haderte mit unserem Schicksal, konnte einfach nicht vergessen und hatte immer noch Heimweh. Wie hätte ich ihr die Wahrheit über Herbert sagen können? Ich brachte es einfach nicht übers Herz.

Es wäre zwar mit Sicherheit besser gewesen mit meinen Eltern darüber zu sprechen

Vielleicht hätten Sie mir ja helfen können oder hätten versucht mit Herberts Eltern zu sprechen. Möglicherweise wäre er auch wegen Vergewaltigung einer Minderjährigen bestraft worden. Dafür hätte er mindestens 4 Jahre Gefängnis bekommen. Damals war man mit 19 Jahren noch minderjährig.

Ich hätte mich auch meinem Bruder anvertrauen können. Auf jeden Fall wäre alles anders gelaufen. Statt dessen verliebte ich mich in ihn und sollte viele Jahre an diesem Trauma leiden.

Herbert blieb verschont.

Der Januar 1954 war sehr kalt mit viel Frost und Schnee. Das harte Klima wirkte sich noch zusätzlich auf meine ohnehin schlechte Laune aus. Ich war schrecklich traurig und hatte ganz schlimme Sehnsucht. Ich wollte Herbert sehen. Alles hätte ich ihm verziehen, wenn er nur hier wäre.

Aber er kam natürlich nicht.

Ich unternahm viele Spaziergänge durch den verschneiten Wald was sehr gefährlich war, denn weit und breit war kein Haus, und betete zur Muttergottes sie möge mir meinen Herbert zurückbringen. Aber nichts geschah. Ich verlor die Lust am Leben, war sehr depressiv und latent suizidgefährdet. Ich magerte ab und schleppte mich so dahin.

Dazu kam eine Bemerkung meiner Lehrerin über meine angeblich zu langen Haare. Sie schickte mich mehr oder weniger zum Frisör-Ich sollte meine Haare etwas kürzen lassen. Ich ging nichts ahnend zum besagten Frisör und bat ihn darum mein Haar ein wenig zu kürzen. Dieser bösartige Mensch jedoch schnitt mir meine schönen langen Naturlocken ab. Nun hatte ich eine Kurzhaarfrisur früher nannte man das Herrenschnittkürze.

Das gab mir den Rest. Ich war völlig fertig.

8. Kapitel

Der neue Student

Langsam aber sicher kam der Frühling. Meine Stimmung war immer noch dieselbe.

Im März 1954 kam ein neuer Student auf die Kunstschule. Er studierte Innenarchitektur und hieß Walter. Er war ein gutaussehender netter junger Mann, den ich schon vorher kannte. Ich hatte ihn oft in der katholischen Kirche in Steinhagen getroffen und auch mit ihm gesprochen. Aus unseren gemeinsamen Gesprächen ging hervor, dass auch er ein Heimatvertriebener war. Er war ehrlich zu mir. Oft brachte er mich mit seinem Motorroller von der Schule nach Hause.

Er tat das uneigennützig und sein Verhalten mir gegenüber war stets korrekt. Er wollte mit mir ausgehen und machte den Vorschlag, dass wir fest miteinander gehen sollten. Das lehnte ich ab. Ich hatte immer noch schwersten Liebeskummer und war wie erstarrt. Niemals wäre ich fähig gewesen mich mit einem anderen Mann irgendwie einzulassen. Ich liebte immer noch Herbert. Das sagte ich natürlich niemandem. Später habe ich dieses Verhalten bereut. Immer April 1954 besuchte uns Willi. Auch er benahm sich absolut perfekt. Er lud mich zu einem Osterausflug ein. Wir fuhren zur Hünenburg im Teutoburger Wald. Wir gingen spazieren und verweilten einen Nachmittag im dortigen Ausflugslokal. Willi war begeisterter Fotograf und fotografierte mich und uns beide mit Selbstauslöser. Es war ein wirklich schöner Ausflug.

Willi war ganz lieb und fürsorglich zu mir. Er wollte immer noch fest mit mir gehen. Doch ich lehnte abermals ab. Ich war einfach nicht fähig eine neue Beziehung einzugehen. Immer noch dachte ich nur an Herbert.

Der arme Willi brachte mich nach Hause und fuhr abends traurig wieder zurück. Wenn er gewusst hätte, was Herbert mir angetan hatte, sicherlich hätte er mich getröstet und verstanden. Aber ich konnte nicht darüber sprechen und habe auch diese Chance vertan.

Wäre ich nur gleich von Anfang an mit Willi gegangen, dann wäre mir die ganze Geschichte mit Herbert erspart geblieben. Aber hinterher weiß man immer alles besser.

Mitte Mai stand plötzlich Herbert auf dem Schulhof unserer Schule. Mir rutschte beinahe das Herz in die Hose. Mir wurde ganz anders und meine Knie zitterten heftig. Er sprach mich an. Er wollte wissen, ob er mich nach Hause fahren dürfte. Ich freute mich und stimmte sofort zu. Unterwegs hielt er an unserem Lieblingsplatz am Wäldchen. Wir küssten uns zärtlich und gaben uns der Liebe hin.

Ich war so glücklich und mein Herz jubelte. Ich war fest davon überzeugt, dass nun alles wieder gut werden würde und dies an neuer Anfang sei.

Er versprach mir bald wiederzukommen und ich erwartete ihn sehnsüchtig. Aber er kam sehr lange nicht wieder. Erst nach fünf Monaten, es war bereits Mitte Oktober, kam er plötzlich wieder auf den Schulhof.

Inzwischen besaß Herbert ein Auto und er lud mich zu einer Fahrt ein. Unterwegs hielten wir an einem Feldweg an und unterhielten uns angeregt. Wir küssten uns immer und immer wieder lange und heftig. Herbert sagte:

„Warum quälen wir uns so?"

Nun wollte er mit mir intim werden wie eigentlich immer. Aber ich weigerte mich damals, weil ich mich an dem Tag überhaupt nicht wohl fühlte. Ich verabredete mich aber mit ihm und eine Woche später sollte er wieder kommen. Das versprach er mir und er küsste mich zum Abschied.

„Bis nächste Woche, liebste Felicitas. Ich hole dich mit dem Auto von der Schule ab."

Ich wartete auf ihn. Woche um Woche.

Dieses Mal sollte es allerdings sehr, sehr lange dauern. Wir sahen uns erst im September 1986 nach 32 Jahren wieder.

Ich und mein Freund wollten damals meinen Bruder besuchen, der in der Nähe lebt. Natürlich bin ich dann an seinem 2-Familienhaus in Borgholzhausen vorbeigefahren, wir sind in der Nähe stehengeblieben und ausgestiegen. Plötzlich kam Herbert aus dem Haus und starrte mich ungläubig an, aber er erkannte mich sofort:

„Felicitas"... stammelte er verwirrt.

Er bat uns ins Haus. Da lernte ich Hedwig seine Frau kennen. Wir saßen einige Zeit im Wohnzimmer. Plötzlich sagte Herbert trotzig:

„Felicitas, ich werde dich jetzt bald endlich meinen Eltern vorstellen und zwar werde ich dich mal abholen und dich nach Hesselteich zu meinen Eltern mitnehmen."

Herbert brachte uns raus.

Jetzt konnte ich mich nicht mehr beherrschen. Ich schrie ihn so dermaßen an. Ich erinnere mich noch ganz genau an meine Worte:

„Du gemeiner Kerl, was hast du mir damals bloß angetan. Du gemeiner ekelhafter Kerl. Du hast mein ganzes Leben in Unordnung gebracht, hast meine Gefühle verletzt und mich schwer geschädigt. Wo ist dein blöder Vater. Ich möchte ihn sofort sprechen und ihm meine Meinung sagen."

Herbert war kreidebleich geworden und antwortete:

„Sei still, Felicitas, meine Frau Hedwig könnte dich hören."

Wutschnaubend verließ ich sein Grundstück.

Doch zurück zum Sommer 1954.

Oft, besonders an Sonntagen ging ich traurig und niedergeschlagen zu dem kleinen Wäldchen unserem Lieblingsplatz. Dort warf ich mich ins Gras und weinte bitterlich. Einmal, im Sommer 1954 war meine Sehnsucht nach Herbert so groß, dass ich beschloss, mit dem Fahrrad nach Hesselteich bei Versmold zu fahren um Herbert zu besuchen. Von Steinhagen bis Hesselteich waren es aber mindestens 35 km Fahrstrecke. Etwa nach einem Drittel verließen mich die Kräfte und ich fuhr enttäuscht und mit allerletzter Kraft wieder zurück nach Hause. Ich quälte mich entsetzlich. Weil mich Herbert so böswillig verlassen hatte, entwickelte ich Minderwertigkeitskomplexe. Ich trug nur noch Kleider aus der Flickenkiste. Ich ging auch so zur Schule. Mein Selbstbild war schwer geschädigt.

9. Kapitel

Die Bauerntochter

Im Jahre 1955, also zwei Jahre nach der Trennung von Herbert, erfuhr ich von Verwandten, dass Herbert die Bauerntochter Hedwig geheiratet hat. Für mich war das ein herber Schlag ins Gesicht. Es traf mich wie ein Blitz. Ich war so verletzt und traurig und der ganze Schmerz kam wieder hoch.

Nun wurde mir auch erzählt, dass Hedwig seit 1952 mit ihm gegangen ist. Das heißt, dass Herbert auch im Sommer 1953, als er mit mir zusammen war, gleichzeitig mit Hedwig ging. Er hatte also zwei Mädchen im gleichen Zeitraum. Herbert ist zwar nicht freiwillig mit Hedwig gegangen, denn er wurde ja von seinem Vater gezwungen, die ja eine Heirat wünschten. Trotzdem brachte es Herbert fertig mir Liebe vorzugaukeln. Eine Liebe die ich glühend erwiderte und die mir nichts als großes Herzeleid brachte.

Herbert hatte kein sexuelles Verhältnis mit Hedwig. Sie selbst bestätigte mir Jahre später, dass er sich ihr gegenüber immer korrekt und zurückhaltend verhalten habe. Ich wusste natürlich von ihm, dass ihm Hedwig rein äußerlich überhaupt nicht gefallen hat. Er fand sie nicht besonders attraktiv. Er war auch der Meinung, dass sie viel zu mager war. Aber da sie eine wohlhabende Bauerntochter war, musste er sich natürlich auch entsprechend benehmen und den Mund halten.

Was er sich nicht bei ihr zu holen wagte, hatte er sich bei mir mit Gewalt geholt. So ein mieser Kerl!

Den Kummer den man mir 1955 mit der Mitteilung, dass Herbert Hedwig geheiratet hätte zugefügt hatte, stellte sich Jahre später als Missverständnis heraus. Tatsächlich heirateten die beiden erst 1966 und zwar nach 11 Jahren Verlobungszeit. Wenn ich das damals gewusst hätte, ich hätte versucht ihn zurück zu gewinnen.

Was ich auch erst später erfuhr war die Erklärung von Herbert betreffs der überlangen Verlobungszeit. Er wollte erst einen Beruf erlernen um seine Familie ernähren zu können. Er ließ sich lange Zeit bis er dann eines Tages einen Kursus bei der Firma Hohner belegte. Er spielte ja seit vielen Jahren Akkordeon und verdiente sich bei Dorffesten und Hochzeiten am Wochenende seit vielen Jahren etwas Geld. Aus dieser musikalischen Fähigkeit bastelte er sich nun seinen späteren Beruf. Er wurde Musiklehrer.

Er gibt auch heute noch Musikunterricht in seinem Haus in Borgholzhausen. Dort lebt er mit seiner Frau. Er hat aber zusätzlich eine 20 Jahre jüngere Geliebte, die er oft besucht.

Wirklich geliebt hat er seine Frau Hedwig also nicht und heiratete sie nur wegen des Vermögens auf Anraten seiner Eltern.

Herberts Vater war immer autoritär. Herbert durfte keinen Beruf erlernen und musste das tun was der Vater wollte. Reich zu heiraten war das Ziel, sonst nichts.

Herbert sagte ja auch im Jahre 1986 zu mir:
„Das wäre damals mit einer Heirat mit uns sowieso nichts geworden, denn wir hatten ja beide nichts!"
So eine dumme Ansicht.
Als er das damals sagte erinnerte ich mich sofort an eine andere ebenso dumme Ansicht. Damals 1953 sagte er einmal zu mir:
„Felicitas, schade, dass du kein Mann bist, sonst könntest du eine Bauerntochter mit einem Bauernhof heiraten und hättest es gut."
Viele Millionen von jungen Menschen haben auch arm geheiratet.
Später musste ich einem Bekannten Recht geben. Der sagte:
„Wenn dieser Herbert dich wirklich geliebt hätte, liebe Felicitas, dann hätte er dich auch geheiratet."
Meine Grübeleien gingen ebenfalls immer wieder in diese Richtung. Er war damals volljährig. Er hätte irgendeine einfache Arbeit zum Beispiel als Fahrer annehmen können und genug Geld verdient um mit mir eine Familie zu gründen. Manchmal ertappte ich mich auch bei dem Gedanken, wenn ich bloß schwanger geworden wäre, dann hätte sein unerbittlicher Vater eine Heirat zustimmen müssen.

Als sich Herbert 1953 an mich heranmachte, wusste er doch schon, dass sein Vater unbedingt von ihm verlangte, dass er eine Bauerntochter mit Bauernhof heiraten sollte und dass ich allerdings keine Bauerntochter war.

Er war so gemein, so gewissenlos, ein völlig gewissenloser Schuft. Er hatte mich kaltschnäuzig nach etwa fünf Monaten fallen lassen und ich war für mein ganzes Leben geprägt. Es war ihm absolut egal, was aus mir wird.

Alle meine Illusionen waren zerstört. Die erste große Liebe war die Enttäuschung meines Lebens, die kostbare Zeit vertan. Die Träume eine Familie zu haben mit Kindern zusammen mit Herbert waren unerreichbar, geplatzt wie Seifenblasen. Goethe hat einmal geschrieben:

„Wenn der erste Knopf nicht passt, passt die ganze Reihe nicht!"

Und so fühlte ich mich aus der Bahn geworfen.

Zwei Jahre lang schaute ich keinen anderen Mann an. Danach ging es mir endlich etwas besser und verliebte mich in einen jungen Mann mit dunkelblonden Locken. Erich war in meinem Alter, also auch noch ziemlich jung. Er hatte noch nicht viel Erfahrungen mit anderen Mädchen gesammelt. Aber Erich hatte andere Probleme.

Er war der älteste Sohn einer kinderreichen Familie und seine Eltern waren auf seinen Verdienst angewiesen, um die jüngeren Geschwister durch zu bringen.

Und so wollten sie nicht, dass er so früh heiratete und als Ernährer ausfiel.

Wir gingen drei Jahre und sechs Monate zusammen. Dann kam es wegen der immerwährenden Konflikten mit seinen Eltern zum Bruch.

Nun hatte ich fünf Jahre und sechs Monate verloren, wichtige Jahre damals im Leben einer jungen Frau.

Zwischenzeitlich war ich vierundzwanzig Jahre und sechs Monate alt. Es vergingen noch einige Jahre. Inzwischen war ich 29 Jahre alt geworden, dann lernte ich Jakob kennen. Er war Heimatvertriebener wie ich. Auch er hatte viel Schlimmes durchgemacht. Seine Eltern waren sehr verständnisvoll und sahen einer Heirat mit größtem Wohlwollen entgegen.

Wir heirateten und bald bekamen wir ein Kind, eine Tochter.

Jakob war ein anständiger, guter und ehrlicher Mann. Aber ich dachte immer noch ständig an Herbert.

Wir hatten Schwierigkeiten in unserer jungen Ehe. Ich war emotional immer noch an Herbert gebunden und konnte ihn einfach nicht vergessen. Jakob konnte kein Verständnis dafür aufbringen, er konnte es einfach nicht ertragen. So kam es zur Scheidung.

Nun war ich alleinerziehende Mutter. Längere Zeit lebte auch meine verbitterte und schwierige

Mutter mit uns zusammen, was die Situation noch erschwerte.

Mein Kind habe ich ohne Vater großgezogen. Aber irgendwie fehlte der Vater doch sehr. Den konnte ich ihr nicht ersetzen.

Ich bin felsenfest davon überzeugt, dass ein Mädchen den ersten Mann heiraten sollte. Solche Ehen sind standhafter und glücklicher und halten meist ein Leben lang.

Im alten Ägypten haben die Menschen einen schönen Satz im Nachtgebet. Ich möchte ihn gerne zitieren:

„Ich habe heute keinen anderen
weinen gemacht!"

Mich hat der Herbert damals
furchtbar weinen gemacht.

Flirt

Sie nennen es Liebe
Und wissen doch nicht was das ist
Sie geben heiligste Schwüre
Und vergessen sie im Moment
Denn es jagt sie schon wieder ein neuer Flirt

Sie sammeln Flirts
Wie Fischer die Perlen
Unermüdlich und ohne Ruh
Sie nehmen vom köstlichen Mahle
Die schwammige Vorspeise nur
Und sollten sie einmal essen
Dann ist ihr Magen zu schwach

Doch auch sie möchten einmal lieben
Wie der Romeo Julia
Und sie jagen hinter dem hohen her
Und suchen doch immer nur Ersatz
Und so trösten sie sich
Mit neuen Flirts
Und sie flirten flirten flirten!

Grashalme

Komm, lege deinen Kopf an meine Schulter
Und sei mir nah:
Warum schweigst du ?
Lass mich den Schatten vertreiben,
der dein Gesicht verdunkelt
Du schaust in die Ferne,
bist du traurig, dass dir das Leben durch die
Finger rinnt
wie das Wasser des Flusses
der zu unseren Füßen rauscht?
Sei doch glücklich!
Etwas Wasser bleibt in deinen Händen
haften
So bleibt dir auch die Erinnerung
Sag doch nicht, du seist nur eine Marionette
Siehst du den Grashalm der im Winde zittert
Auch er ist mit seinen Wurzeln an die Erde
gebunden,
würde man in daraus lösen, müsste er
verdorren, sterben.
Was nützte ihm dann die Freiheit
Darum komm, lege deinen Kopf an meine
Schulter,
vielleicht kannst du dann vergessen,
dass du nur ein Grashalm bist

Die Betrogenen

Ich liebe dich, sagt der Mann,
und das Mädchen lauschte,
und glaubte ihm.
Ich liebe dich, sagte der Sonnenstrahl,
und die Blume erschauerte,
und öffnete ihm ihre Schönheit

Doch der Sonnenstrahl verbrannte die
Blume,
und sie musste sterben.
Und der Wind trug ihr die Worte herbei
„Ich liebe dich", die der Sonnenstrahl
einer anderen Blume sagte.

Und das Mädchen nahm die tote Blume
Und küsste sie
„Ich liebe dich", sagte der Mann
und das Mädchen lauschte.

Klage

Es ist Weihnacht,
und alle Türe sind für mich verschlossen
wie dein Herz —

der Mond schenkte mir Silber
das Licht wob mir Seide
nur du
schenktest mir nichts

So warte ich
Und sammle Perlen zu einer langen Kette
Meine Tränen

Verloren

Ich hab die Melodie verloren
Das Lied ist mir entschwunden
Ich kann dein Antlitz nicht mehr sehen
Bis ich sie hab gefunden

Und immer wenn ich beinahe schon
Zusammengefügt hab – die Töne
Dann springen sie mir wieder fort
Wie Pfeile von der Sehne

So sitz ich nun und such sie
Ich weiß nicht, wieviel Stunden
Ich habe die Melodie verloren
Das Lied ist mir entschwunden

Sehnsucht

Ich wollte es wissen
Doch ich wusst es nicht mehr
Ich wollt dich rufen
Doch du hörtest mich nicht mehr
Ich wollte dich suchen
Doch ich fand dich nicht mehr

Ich formte dir Tränen
Doch du fühltest sie nicht
Ich sandte dir Träume
Doch du bliebst so stumm
O wüsste ich endlich warum

Der Wind kost mein Haar
Ich spüre es nicht
Das Glück streift mein Herz
Ich freue mich nicht
O wärst du doch wieder bei mir

Aphorismen

Es ist etwas trauriges mit dem Leben, mit
der Zeit, mit den Geschehnissen.
Es rinnt uns wie Sand durch die Finger, und
wir müssen hilflos zusehen und froh sein,
wenn wenigstens etwas haften bleibt.
Dieses etwas nennen wir dann Erinnerung.
Erinnerung- Resignation.
Man kann es wohl so nennen, denn was
kann uns wohl angesichts unserer Hilflosig-
keit übrigbleiben als zu resignieren und sich
zu fügen.
So ist es mit allem mit dem Glück, mit der
Liebe, mit der Freude, mit allem.
Wir sind im Augenblick glücklich, aber wir
fürchten uns schon vor dem Moment, wenn
es zu Ende geht.
So ist in jeder glücklichen Stunde, in jeder
Freude, ein ganz kleiner bitterer Anklang.

Wir sind irgendwie an den uns zugewiese-
nen Platz gebunden
Wir wagen zwar oft, uns ziemlich weit davon
zu entfernen,
aber wir müssen doch immer wieder zurück-
kehren,
wie ein Bumerang, manchen gelingt es zwar,
sich los zu reißen und andere, vielleicht
bessere Plätze zu finden,

aber sie treiben ruhelos von einem Platz
zum andern,
unfähig auf ihrem Stammplatz zu bleiben
und können auch ihren Ursprung nicht
mehr finden.

Ein Gedanke: Plötzlich ist er da,
ungerufen steigt er aus dunklen Tiefen
wie eine Quelle,
seltsam und überraschend.
Ist er ein Zeichen von Urvätern und barg er
ein mein früheres Sein?

Liebe: Du warst so seltsam, so ruhelos
damals, als hättest du geahnt, was uns
bevorstand und hättest Liebe aufspeichern
wollen für die dunkle Zeit, die jetzt unsere
Liebe verhüllt wie der Nebel die Zweige.

Es ist mit einem geliebten Menschen, den
wir ständig um uns wissen, wie mit dem
Wasser, dem Brot oder dem Licht, wie
gebrauchen es gedankenlos und messen ihm
keine Bedeutung bei. Aber sobald es uns
fehlt werden wir wahnsinnig.
Nichts braucht man sorgfältiger zu tun, als
eine Sache, von der man annimmt, dass
man sie beherrscht, denn dann besteht die
Gefahr, dass man unaufmerksam und flüch-
tig arbeitet.
Es hat keinen Zweck, dass ich mich zwinge
Dinge zu tun, die angeblich nützlich sein

sollen, ich werde doch immer ruhelos sein
und neues suchen müssen.
Ihr fragt mich., ob ich lache über meine
Liebe nun, da sie vorbei ist und ich sage
euch, nein, ich weine, denn hier erkannte
ich die Vergänglichkeit der Zeit schlimmer
als an allem anderen.
Sie hob mich aus meiner Einsamkeit in der
ich mich seit meiner Kindheit befand, in
Höhen des Glückes, um mich dann in einer
Dürre zu stürzen, schlimmer als ich es je
erlebte.

Weine nicht, dass ich in die fremde Stadt
gehe, deine Liebe wird mich einhüllen wie
ein schützender Mantel und mich vor allen
Anfechtungen bewahren.